EDITORAS ASSOCIADAS

Ricardo Massara Brasileiro

phthirus pubis

OU O LIVRO DOS CHATOS

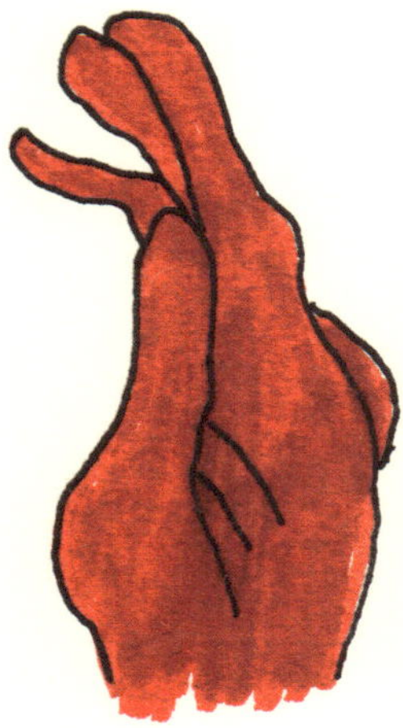

chato à direita
chato à esquerda
chato ao centro
chato acima
chato abaixo
chato na diagonal
chato na vicinal
chato na paralela
chato na principal
chato para onde olham os olhos
chato de onde os olhos veem

o chato de galochas
o chato de chuteira
o chato de kichute
o chato de rider

o chato de unha grande
o chato com pé de chulé
o chato com a unha encardida
o chato com a unha de micose

o chato boquirroto
o chato bafiento
o chato com o pé casquento

as muitas patas do chato encheram o
saco das galochas
os muitos calos dos pés do chato encheram o
saco das galochas
o pouco trato dos pés do chato encheu o
saco das galochas

o chato só fala de trabalho
o chato só fala de si
o chato só tem amigos chatos

o chato é um mala sem alças
o chato é um baú encerado
o chato é um chato do caralho

o chato é um pé no saco
o chato são muitos pés no saco
o chato são muitos pés de chuteira no saco
o chato são muitas travas de chuteira no saco

o chato não lê nada
o chato só lê merda
o chato adora uma manchete de jornal
o chato adora uma rede social

o chato acha todo mundo chato
o chato é uma unanimidade

o chato é fortinho
o chato é violento
o chato é faixa preta
o chato é tarja preta

o chato é chato pra si
o chato é frustrado
o chato acha que é o que não é

o chato é chato pra caralho!

o chato é almofadinha
o chato é engomadinho
o chato é arrumadinho
o chato é escovadinho
o chato é certinho
o chato é bom moço

o chato usa bermudas com cinto
o chato adora uma camisa polo
o chato adora uma roupa ralph lauren

o chato usa tons pastel
o chato não sabe o que é um tom pastel

o chato tem uma combinação de listras e cores,
sem perfeição tropical

o chato só fala platitudes
o chato é reaça
o chato é tapado
o chato é ignorante
o chato é muito limitado

o chato não encurta as estórias
o chato não encurta os casos
o chato não para de falar
o chato nem respira pra falar

o chato frita os seus ovos
o chato põe seu saco na torradeira

o chato é mesquinho
o chato é maledicente
o chato não gosta de nada

o chato é arrogante
o chato é professoral

o chato é engraçadinho
o chato é sem noção

o chato é politicamente correto
o chato não é politicamente correto

o chato quer aparecer na coluna social
o chato paga para aparecer na coluna social
o chato treina com um coach o sorriso que vai
usar na coluna social
o chato vende uma imagem de sucesso
all the time

queijos e vinhos?

eu eu eu eu eu eu eu eu
eu eu eu eu eu eu eu eu
eu eu eu — —
eu eu eu eu eu eu eu
eu eu eu eu eu eu eu
eu eu eu eu eu eu eu
eu eu eu
eu eu eu
eu eu

o chato tem uma ansiedade contagiante

o chato é nostálgico
o chato só ouve jazz
o chato só gosta dos monstros sagrados
do rock

o chato é monotemático
o chato só fala de doenças
o chato só fala de cerveja
o chato só fala de pinto
o chato só fala de buceta
o chato só fala de futebol

o chato não cumprimenta os outros

o chato imposta a voz ao cumprimentar
os outros

o chato cumprimenta os outros com a
ponta dos dedos

o chato cumprimenta os outros com a
mão bamba

o chato cumprimenta os outros sem
qualquer entusiasmo

o chato cumprimenta os outros como se fizesse uma grande concessão

o chato cumprimenta os outros com cara
de nojo

o chato é cool
o chato é artsy
o chato é style

o chato é antipático
o chato é fresco
o chato é enjoado
o chato é muito entojado

o chato quer ser notado
o chato quer holofotes
o chato quer microfone
o chato tem voz de megafone

o chato precisa de uma lixa
o chato precisa de umas havaianas
o chato precisa de um cortador de unhas
o chato precisa de um escalda-pés

o chato precisa de um creme hidratante
o chato precisa de uma rola
o chato precisa de um antimicótico

o chato precisa respirar

SABOR
ESPECIAL
DE CABELO
ÓLEO
DE FIGO
DE
TUBARÃO

o chato precisa de um livro decente
o chato precisa de um filme decente

o chato precisa escovar os dentes
o chato precisa de uma solução bucal
o chato precisa de uma rede de balanço

puta que o pariu pro chato!

purgante:
o chato também tem um saco

Catalogação na Publicação (CIP)

B823

Phthirus pubis ou o livro dos chatos / Ricardo Massara Brasileiro ; ilustrações do autor. - Belo Horizonte : Quixote+Do Editoras Associadas, 2019.

64 p.: il. color.

ISBN 978-85-66256-44-4

1. Poesia humorística brasileira. I. Título.

CDD: B869.1

Bibliotecária responsável: Fernanda Gomes de Souza CRB-6/2472

Autor Ricardo Massara Brasileiro
Revisão Valter Braga
Projeto gráfico Ana C. Bahia, Ricardo Massara Brasileiro
Diagramação Ana C. Bahia
Ilustrações Ricardo Massara Brasileiro

Editores
Alencar Perdigão, Cláudia Masini, Luciana Tanure, Thásia de Medeiros

Quixote+Do Editoras Associadas
www.quixote-do.com.br
Rua Fernandes Tourinho, 174
Belo Horizonte, MG, Brasil
Tel: (31) 3227-30-77

Fonte Sentinel
Papéis Pólen Bold 90g/m². e Kraft 280g/m²
Impressão Formato Artes Gráficas